AF296269

Collection "Patrie
JEAN PETITHUGUENIN
30 c.
Le récit complet et illustré
VERDUN
F. ROUFF, Éditeur
PARIS

BnF
L&A

4350 1443

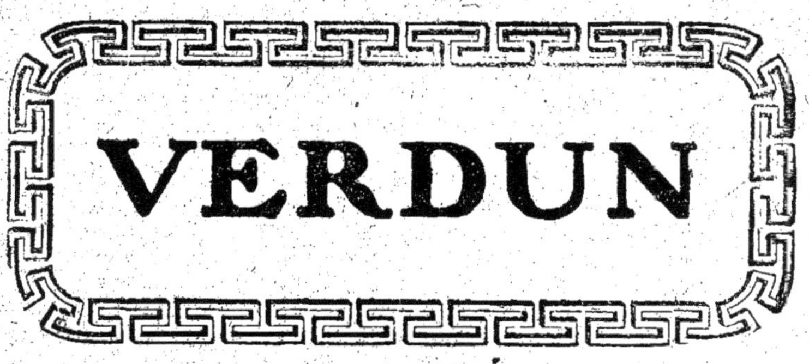

VERDUN

I

La conception

A la fin de novembre 1915, le Grand Etat-Major allemand était averti, tant par ses espions que par les signes multiples d'une activité insolite, que les Alliés préparaient pour le printemps de 1916 une offensive combinée sur tous les fronts.

Il était bien vrai que la fameuse unité de commandement, que les gouvernements de l'Entente ont eu, semble-t-il, tant de peine à réaliser, était alors presque établie, sinon en titre, du moins en fait.

Joffre, après avoir fait adopter son point de vue aux Etats-Majors alliés, allait lui donner une espèce de consécration officielle. Une conférence interalliée, tenue à Chantilly le 6 et le 7 décembre 1915, sous la présidence du général Joffre, décidait que les Alliés prendraient une offensive générale dès que l'armée britannique et l'armée russe auraient réuni les effectifs et le matériel nécessaires.

La date de cette offensive générale demeura toutefois longtemps indécise. Une certaine latitude devait nécessairement être laissée aux Italiens, aux Serbes et aux Russes, comme aussi aux Roumains, dont on escomptait alors l'intervention. Mais, en ce qui concerne le front britannique, l'unité d'action pouvait et devait se réaliser. Il fut convenu entre le général Joffre et sir Douglas Haig que l'offensive se déclancherait sur la Somme vers le 1er juillet.

Les préparatifs de cette vaste manœuvre furent entrepris dès le

Copyright by F. Rouff, Edit., 1919. — Tous droits de traduction, de reproduction et d'adaptation réservés pour tous pays.

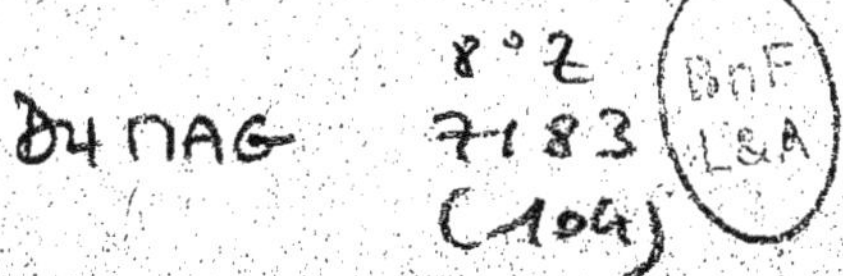
84 MAG   8° Z   7183   BnF   L&A   (104)

fin de 1915. On sait assez quels travaux gigantesques exige la préparation d'une grande offensive dans la guerre moderne : il faut élargir et doubler les routes, en tracer de nouvelles, jeter des ponts, poser des kilomètres et des kilomètres de rails, établir des dépôts de munitions, organiser des centres de ravitaillement et des hôpitaux, creuser des puits, construire des canalisations, sans parler de tout ce qui se rattache directement à la bataille, comme les tranchées, les abris, les emplacements de batteries.

L'activité que déploie une armée en campagne pour mener à bien de tels travaux, ne peut passer inaperçue aux regards attentifs de l'ennemi. Les Allemands, même s'ils n'étaient pas exactement renseignés sur les décisions du Conseil de guerre interallié, savaient donc avec certitude que les Franco-Britanniques s'apprêtaient à leur porter un coup terrible sur le territoire français.

Dans toute stratégie, le principe qui domine est de s'efforcer de prévenir les coups de l'adversaire. Les Allemands se montraient donc fidèles à la doctrine quand ils décidaient, à la fin de 1915, d'attaquer les premiers afin de réduire à néant le plan des Alliés.

On prétend que, dans la conférence qui se tint alors sous la présidence du kaiser, l'accord eut quelque peine à s'établir. Deux partis étaient en présence, celui de Hindenburg et celui du kronprinz. Le premier, qui comprenait Ludendorff et Mackensen, voulait réserver aux entreprises orientales et à la conquête des plus belles provinces russes le meilleur des forces allemandes. Le second, dans lequel se rangeaient l'empereur en personne, Falkenhayn et le prince héritier de Bavière, considérait au contraire que l'ennemi principal était la France. Abattre la France était le seul moyen d'obtenir la victoire décisive.

L'autorité du kaiser fit donner raison au kronprinz.

L'offensive de Verdun, entreprise en plein hiver, le 21 février 1916, sur des territoires encore engourdis sous la neige, fut la conséquence de ce grand débat.

Verdun a toujours été considéré par les chefs de guerre allemands comme un des points essentiels de nos lignes de défense. Aux yeux de nos ennemis, Verdun est la barrière au delà de laquelle, si l'on parvient à la franchir, on pénètre sans résistance au cœur de notre pays. De grands souvenirs historiques planent sur la vieille cité que domine fièrement sa citadelle aux casemates profondes et invulnérables. La ville a été longtemps revendiquée par les empereurs germaniques. Elle fit partie des Etats de Louis le Germanique vers la fin du ix siècle, puis de ceux d'Othon le Grand au x. Ainsi, de siècle en siècle, la ville fut, avec toute la Lorraine, âprement disputée entre les deux ennemis irréconciliables : la France et l'Allemagne. Elle est restée une proie convoitée par nos adversaires.

Ces raisons, pour ainsi dire sentimentales, justifiaient l'offensive sur Verdun aux yeux du peuple allemand; mais il y en avait d'autres plus sérieuses qui avaient pesé sur la décision des chefs militaires.

Verdun garde la porte du bassin minier de Briey, dont les pangermanistes réclamaient l'annexion avec tant d'insistance. Il formait, au début de 1916, un saillant dans les lignes ennemies et se trouvait par conséquent exposé à des attaques convergentes, d'autant plus difficiles à déjouer que ce saillant était coupé en deux par la Meuse. Les communications d'une rive à l'autre pour les troupes de la défense deviendraient précaires dès qu'une puissante artillerie, massée autour de la place, concentrerait ses feux sur les routes et sur les ponts.

La partie de nos forces qui se trouvaient sur la rive droite de la Meuse risquaient même de se voir couper complètement leurs lignes de retraite, d'être acculées au fleuve, sans moyen de ravitaillement, et écrasées dans cette impasse.

La médaille a son revers. Verdun est environné de collines qui, disposées sur plusieurs lignes concentriques, forment autant de remparts naturels.

Ce sont, sur la rive droite de la Meuse, d'abord la ligne de Brabant, avec la côte des Roches, en face du ruisseau de Forges; les hauteurs du bois de Haumont, du bois des Caures, du bois de Ville et de l'Herbebois, en face des Jumelles d'Ornes, deux mamelons de 310 et 307 mètres, qui étaient occupés par les Allemands au début de l'offensive. Ce premier rempart s'appuie à sa droite, dans la direction du sud-est, sur les côtes de Meuse, ligne continue de hauteurs d'une altitude moyenne de 360 mètres qui se dresse comme une falaise à 110 mètres environ au-dessus de la vaste plaine de la Woëvre. Sur sa gauche, qui touche à la Meuse, il se prolonge de l'autre côté du fleuve par les collines qui bordent au nord le ruisseau de Forges, par les positions du bois de Malancourt, d'Avocourt et Vauquois.

Une seconde ligne, plus puissante que la première, suit sur la rive gauche de la Meuse les hauteurs au sud du ruisseau de Forges, depuis le bois de Malancourt jusqu'à Regnéville, en passant par la cote 304, le Mort-Homme, le bois de Cumières et la côte de l'Oie. Sur la rive droite de la Meuse, elle passe par Samogneux, la corne sud du bois des Caures, la ferme de Saint-André et rejoint les Hauts de Meuse, au nord du village d'Ornes.

Sur la rive gauche du fleuve, dans leurs assauts les plus furieux, les Allemands ne réussiront pas à faire tomber complètement cette seconde ligne.

Sur la rive droite, ils pousseront plus loin, mais auront à forcer une troisième ligne, celle de Champneuville, avec la côte du Talou, Louvemont, le bois des Fosses, les Caurières.

Ce n'est pas fini! Dans leur vain effort de titans à qui la rage aurait fait perdre la raison, les Allemands, au fur et à mesure qu'ils surmonteront les obstacles opposés à leur furie, en verront se dresser devant eux d'autres plus redoutables. Derrière Champneuville, ils rencontreront Vacherauville; derrière la côte de Talou, la côte du Poivre; derrière Louvemont et le bois des Fosses, la ferme d'Haudromont et le fort de Douaumont; derrière les Caurières, le bois de la Vauche, puis le bois d'Hardaumont.

Plus au sud, ce seront encore de nouvelles barrières : Charny et Bras, et la Folie; la ferme de Thiaumont et la Caillette. Après Thiaumont et Douaumont, il y aura la côte de Froide-Terre avec son fort, Fleury, le Chapitre et le fort de Vaux.

Enfin, la dernière digue, au pied de laquelle la vague allemande, déjà brisée sur cent écueils, viendra mourir à la fin de juin, est constituée par les forts de Belleville, de Saint-Michel et de Souville, et les hauteurs de la Laufée.

Ce n'est pas sans raison que nous nous sommes astreints à une énumération qui deviendrait fastidieuse si tous ces noms de villages, de bois, de monts et de forts n'avaient été illustrés par d'innombrables combats, s'ils n'évoquaient à la mémoire de tous les phases de la bataille formidable que les Allemands nous ont imposée et sur les conséquences de laquelle ils se sont si bien leurrés.

II

Le coup de boutoir

Dans la nuit du 20 au 21 février 1916, un zeppelin franchissait les lignes et poussait au sud de Verdun jusqu'aux environs de Bar-le-Duc, à Revigny; là, pris sous les rayons de nos projecteurs, poursuivi par nos autos-canons, il était touché, incendié, et ses débris étaient précipités du haut des airs.

Cette torche immense, qui flamba sinistrement dans notre ciel durant une minute, était le signal de la ruée allemande sur Verdun. Les gens superstitieux auraient pu y voir aussi l'annonce de l'échec que les armées du kronprinz devaient éprouver après des mois d'efforts acharnés. Pareille à l'énorme carcasse broyée du zeppelin de Revigny, l'armée allemande devait joncher de ses débris les deux rives de la Meuse, depuis le Mort-Homme et le bois des Caures jusqu'aux bois Bourrus et au fort de Souville.

Les Allemands avaient accumulé devant Verdun la plus puissante artillerie qui eût encore été réunie au cours de cette guerre.

La canonnade, pourtant déjà formidable, par laquelle nous avions préludé en 1915 à notre offensive de Champagne, n'est rien auprès du tir de préparation que nos adversaires déclenchent le 21 février à sept heures quinze. Il y a là des batteries de tous les calibres qui agissent les unes sur nos tranchées et nos réseaux de fils de fer barbelés, les autres sur nos abris, les autres à grande distance sur nos lignes de communication. Les Allemands font d'ailleurs grand usage d'obus lacrymogènes et suffocants.

Ce bombardement intense produit des effets terribles. Les communications téléphoniques sont coupées, on est obligé de revenir au système des coureurs; les abris cèdent, ensevelissant les soldats qui y ont cherché refuge.

Les aviateurs qui survolent les positions ennemies pour repérer les batteries en découvrent un tel nombre qu'ils doivent renoncer à les pointer sur leurs cartes. La forêt de Spincourt, au nord-est des Jumelles d'Ornes, est le centre d'un véritable feu d'artifice; le bois de Gremilly, dans la même région, flamboie d'un bout à l'autre.

Notre artillerie riposte de son mieux, mais elle n'est pas de force, elle gêne l'adversaire sans réussir à le paralyser.

Les canonniers allemands, renseignés par les drachen que l'on voit planer au-dessus de leurs lignes, exécutent un pilonnage méthodique de nos défenses.

A quatre heures de l'après-midi, la violence des tirs atteint son paroxysme.

Nos premières lignes sont nivelées, nos pertes sont sensibles. Mais, dans les tranchées bouleversées, dans les bois hachés par la mitraille, sur cette terre meurtrie, brûlée, où semblent s'ouvrir à chaque instant des myriades de volcans, nos soldats, par un prodige d'héroïsme, se cramponnent encore. Quand les Allemands s'élancent à l'attaque, ils sont surpris de trouver devant eux des adversaires résolus. Il n'y a plus de tranchée; on s'abrite tant bien que mal dans les trous d'obus; chaque soldat, reprenant son initiative, s'ingénie à se créer une petite forteresse individuelle. Ainsi la canonnade allemande cause une certaine dispersion de nos éléments, mais cette dispersion a ses avantages, notre ligne en s'effaçant échappe à l'action de l'artillerie : on repère une tranchée, non une infinité de trous d'obus.

Au bois des Caures, les chasseurs du lieutenant-colonel Driant font une défense magnifique. Forcés d'abord d'évacuer le bois, ils en reprennent la plus grande partie par une contre-attaque. Les Allemands pénètrent dans le bois d'Haumont, mais y rencontrent une résistance acharnée et n'y peuvent progresser que pied à pied.

Notre front plie sans doute, mais on sent dès le début que la ruée sera contenue.

Un danger beaucoup plus grand que les assauts de l'infanterie ennemie menace pourtant notre armée de Verdun. L'artillerie allemande, nous l'avons dit, cherche en effet, derrière nos lignes, les centres de ravitaillement, les nœuds de routes et les deux voies ferrées de Sainte-Menehould et de Bar-le-Duc.

De ces deux voies ferrées, l'une, celle de Verdun à Sainte-Menehould, par Revigny, est coupée dès le début de la bataille, le 21 février, tandis que la gare de Verdun est désorganisée par un bombardement de pièces de 380. Il reste l'autre chemin de fer, le Meusien, mais il est à voie étroite et d'une capacité de transport relativement faible, malgré les efforts qui ont été faits par le commandement pour l'accroître. Ainsi, tandis que les Allemands disposent pour nourrir leur attaque de neuf voies ferrées à grand rendement, nous ne pouvons leur en opposer qu'une seule.

Dans ces conditions, on conçoit que les gens avertis aient envisagé la situation avec anxiété, que certains mêmes l'aient crue désespérée. Pendant les premiers jours de la bataille, l'inquiétude fut grande à Paris dans les milieux politiques. L'héroïsme de nos soldats serait inutile, pensait-on, si l'on ne pouvait faire passer sur la rive droite de la Meuse ni renforts, ni vivres, ni munitions. Déjà l'on accusait nos généraux d'imprévoyance.

Par bonheur, ce reproche était injuste. Depuis des mois, le général Herr, qui commandait à Verdun, avait réclamé des renforts et toute une série de mesures préparatoires pour répondre à l'offensive allemande, que mille indices lui avaient annoncée.

Le général Joffre, craignant que l'attaque sur Verdun ne fût une simple feinte destinée à attirer nos réserves sur ce point pour nous amener à dégarnir d'autres régions sensibles de notre ligne, n'avait envoyé à Herr qu'une partie des renforts réclamés. Mais la question du ravitaillement de Verdun avait été mise dès longtemps à l'étude. On avait renoncé, pour diverses raisons, à tracer de nouveaux chemins de fer, mais on avait organisé un vaste service de transports mécaniques par routes. On avait élargi à 7 mètres la grande route de Bar afin d'y permettre la circulation de deux files de convois automobiles marchant en sens contraire. Dès que le général Pétain aura été placé, le 26 février, à la tête de l'armée de Verdun, le ravitaillement automobile acquerra, sous son impulsion énergique, une étonnante efficacité. Sur cette route de Bar, qu'on a surnommée la Voie Sacrée (1), les camions automobiles ne cesseront de rouler jour et nuit, se suivant à quelques mètres d'intervalle. Des équipes de territoriaux, disposées le long de la chaussée, l'entretiendront en bouchant les trous, au fur et à mesure qu'ils se formeront sous les roues des camions, avec des cailloux extraits des carrières de la région.

Le mouvement perpétuel de cette interminable file de véhicules retentira si fort au milieu de la bataille que le vacarme même de la formidable canonnade en sera couvert, il faudra s'éloigner à plus de cent mètres de la route pour entendre gronder l'artillerie.

Le 22 février, Joffre, averti de la gravité de la situation, dirige des renforts sur Verdun. Cependant, jusqu'au 24, les forces qui se

____

(1) *La Voie Sacrée*, N° 53 de la « Collection Patrie ». Rouff, Editeur.

Les chasseurs du lieutenant-colonel Driant font une défense magnifique
(p. 5).

trouvaient en ligne au début de la bataille supporteront seules le
choc de l'assaut. Plus de deux corps allemands n'ont en face d'eux,
dans ces premiers combats, que deux divisions : la 72ᵉ et la 51ᵉ.

Le temps, qui, le 21, était clair, sec et froid, se couvre le 22, la
neige se met à tomber. On se bat dans la neige et dans la boue.

Il faut encore reculer.

Le village de Haumont, rendu intenable par l'artillerie ennemie,
est abandonné par nous; il n'en reste plus pierre sur pierre, c'est
à peine si l'on en peut retrouver la place. Le bois des Caures est
également perdu, malgré la sublime résistance des chasseurs du
colonel Driant. Celui-ci, qui se retire le dernier, après avoir donné
le signal de la retraite, est tué et son corps tombe aux mains de
l'ennemi, qui rendra les honneurs à ce brave.

Les assauts sont meurtriers, les Allemands perdent beaucoup de
monde. Mais le mot d'ordre est de prendre Verdun coûte que coûte :
les bataillons anéantis sont aussitôt remplacés; la ruée, loin de se
ralentir, augmente de violence. Le 23, nous cédons sur toute la ligne,
en conservant pourtant la position de Beaumont qui commande les
débouchés sud du bois des Caures.

Il est à remarquer que, dans cette première phase de la bataille, l'ennemi prononce son attaque exclusivement par la rive droite de la Meuse.

C'est peut-être la plus grande faute de l'état-major du kronprinz. Si nos adversaires avaient attaqué, dès le début, sur les deux rives à la fois, ils auraient sans doute fait tomber alors ces fameuses positions du Mort-Homme et de la cote 304, contre lesquelles ils usèrent par la suite tant de bonnes divisions. L'armée de Verdun se serait trouvée prise comme entre les branches d'une tenaille.

Mais le commandement allemand avait compté sur la puissance de son artillerie. Après le déluge de fer et de feu dont il avait inondé le pays meusien, il croyait pouvoir faire avancer son infanterie pour ainsi dire sans obstacle. L'énergie de notre résistance le prenait au dépourvu. Le plus difficile restait à accomplir et, quand les Allemands, se croyant vainqueurs, se présentaient en colonnes serrées et profondes, nos fusils, nos mitrailleuses, nos canons de 75 causaient dans leurs rangs d'effroyables ravages.

Le 24, nos premiers renforts, la 37ᵉ division, la 34ᵉ et la 306ᵉ brigade, entrent en ligne; ils sont encore trop faibles pour rétablir la situation.

Dans l'après-midi, une énorme vague allemande attaque sur un front de 6 kilomètres, toujours en formation dense, submerge Beaumont, les bois des Fosses et des Caurières, le village d'Ornes. Au bord de la Meuse, le flot ennemi dépasse Samogneux, nivelé par les obus, la cote 344, et vient battre les pentes de Louvemont et de Champneuville.

Le général de Langle de Cary, de l'autorité duquel relevait alors le général Herr, jugeait la situation très compromise : il envisageait déjà la nécessité d'abandonner entièrement la rive droite de la Meuse.

Joffre ne l'entendait pas ainsi Il téléphona dans la soirée l'ordre de tenir sur la rive droite par tous les moyens. Par contre, il approuva de Langle de Cary quand celui-ci proposa de ramener sur les Hauts de Meuse nos lignes de la Woëvre. Il semblait logique en effet de ne pas laisser exposées à une attaque de flanc les troupes que nous avions poussées dans la plaine et d'abandonner volontairement quelques kilomètres pour profiter du redoutable rempart naturel des côtes de Meuse. Cette décision mettait notre droite à l'abri d'une surprise.

Le repli s'exécuta dans la nuit du 24 au 25, à l'insu des Allemands, par un temps affreux, en pleine tourmente de neige.

Il semble que, le 25 février, il y ait eu quelque désarroi dans le commandement. Peut-être les ordres du généralissime n'étaient-ils pas parvenus en temps utile à toutes les unités. Quoi qu'il en soit, la retraite fut ordonnée sur la gauche du champ de bataille, le long de la Meuse, en direction de Froide-Terre et de Belleville. C'était l'heure où les Allemands poussaient à notre droite jusqu'au fort de Douaumont.

Si la retraite s'était poursuivie, elle entraînait fatalement l'abandon de toute la rive droite de la Meuse.

Par bonheur, tandis que la 37ᵉ division se repliait sur Belleville, une division fraîche, la 39ᵉ, apparaissait sur le champ de bataille et prenait la place de l'autre, entre la côte du Poivre et le fleuve. Notre artillerie, concentrée à Froide-Terre grâce à l'énergie du colonel Tardy, avait permis cette diversion en opposant à l'avance ennemie un barrage infranchissable.

Le 26 février, les dépêches du Grand Quartier général allemand annoncèrent au monde, qui assistait en frémissant à la lutte, la chute du « fort cuirassé de Douaumont, le pilier angulaire nord-est de la principale ligne des fortifications permanentes de Verdun », enlevé la veille par les Brandebourgeois.

On sait assez que le ton outré de ce communiqué était un bluff effronté : le fort de Douaumont n'était cuirassé que dans l'imagination des suppôts du kaiser; il était désarmé, les enseignements du début de la guerre nous ayant appris qu'un fort, si puissant soit-il, ne peut opposer qu'une résistance très brève à la grosse artillerie moderne, témoin les forts de Liège, qui, pris pour cibles par les obusiers allemands, étaient tombés en quelques heures.

L'ouvrage de Douaumont, considéré sans exagération pour sa valeur réelle, avait néanmoins une certaine importance. Sa perte découvrait les dernières lignes des défenses de Verdun, Fleury et le fort de Vaux, Souville et Saint-Michel.

III

La résistance

LE 26 février, les événements semblaient donner raison aux pessimistes. Verdun, évacué par la population civile et croulant sous les obus, allait-il donc devenir la proie de nos ennemis, qui ne pouvaient tolérer sa présence en face du camp retranché de Metz?

Les Allemands criaient déjà victoire. « Encore un effort, répétait le kronprinz, et la place est à nous! » Il appelait de nouvelles divisions et les jetait dans la fournaise.

Cependant, le Grand État-Major français gardait son sang-froid. Stratégiquement, l'abandon de Verdun n'aurait pas eu de conséquence irréparable; mais le général Joffre appréciait l'énorme importance morale que la bataille de Verdun venait de prendre dans le monde entier. Céder la place à l'ennemi eût été aux yeux des peuples un aveu de faiblesse, c'était s'avouer presque vaincu, imposer une épreuve dangereuse à la vaillance des Alliés, donner aux Allemands un puissant réconfort.

Ces raisons morales étaient si graves qu'elles reléguaient au second plan les considérations purement militaires. Au reste, il pouvait être sage de prolonger une lutte qui avait du moins l'avantage de fixer l'effort de l'adversaire et d'absorber ses disponibilités. Sous le couvert de la bataille de Verdun, notre haut commandement était libre de poursuivre la préparation de l'offensive de la Somme, prévue, comme il a été dit, pour le 1ᵉʳ juillet.

Les décisions de Joffre étaient dominées par deux nécessités difficiles à concilier : défendre Verdun et sauvegarder le plan d'offensive des Alliés. Dans les mois qui vont suivre, le généralissime sera souvent sollicité soit d'avancer la date de l'offensive combinée afin de dégager Verdun, soit de consacrer à la défense de la cité lorraine les réserves rassemblées sur les lignes de la Somme; mais il se maintiendra inébranlable dans sa résolution et saura imposer à tous sa volonté.

Le 25 février, le général de Castelnau, chef d'état-major, délégué par Joffre avec pleins pouvoirs, arrive à Verdun.

La Meuse est débordée; ses eaux forment de larges étangs, sous un ciel gris et bas, à travers lequel la lumière du soleil filtre péniblement. Les routes sont encombrées par de lamentables convois de civils qui fuient devant l'invasion. Verdun brûle et s'effondre. Les nouvelles sont mauvaises, l'avance des Allemands se poursuit.

Toutefois, les âmes fortes trouvent encore des raisons d'espérer. Si les Allemands gagnent du terrain, ce n'est qu'au prix de pertes énormes. Nos 75 les fauchent par dizaines à la fois. Nous avons perdu de bonnes positions, mais nous en conservons d'autres excellentes sur lesquelles la résistance peut se continuer avec la même efficacité.

Que fallait-il pour sauver Verdun? Des renforts et un chef. Joffre et Castelnau allaient les lui fournir en appelant sur le champ de bataille la 2ᵉ armée et en confiant au général Pétain la direction des opérations.

Le premier soin du nouveau chef est d'organiser les forces placées sous son commandement. Il règle l'arrivée des renforts et les distribue afin d'éviter l'encombrement et les déplacements inutiles; il apporte une attention particulière à l'organisation du ravitaillement par convois automobiles, et la machine, qui au début grinçait un peu, va tourner désormais sans un à-coup.

Sous l'impulsion du général, on creuse de nouvelles tranchées, on construit des ouvrages, lance des ponts, multiplie les positions d'artillerie, on trace des routes, on répare et améliore celles qui existent déjà.

— Nous aurons encore de terribles combats à livrer, nous connaîtrons encore des journées critiques; on peut dire néanmoins que, à partir du 26, la bataille entre dans une nouvelle phase. Nous entreprenons partout des contre-attaques, qui surprennent les Allemands, les obligent à reculer, eux qui croyaient déjà tenir la victoire et l'annonçaient présomptueusement au monde entier.

Une lutte furieuse se livre autour du fort de Douaumont, que nous réussissons un moment à cerner, mais dans lequel nous ne parvenons pas à reprendre pied.

Les assauts allemands éprouvent d'autre part de sanglants échecs sur la côte du Poivre, qui reste jonchée de nombreux cadavres.

Notre artillerie s'accroissait de jour en jour par l'afflux incessant de nos renforts, elle luttait désormais presque à égalité avec celle de l'adversaire.

Attaques et contre-attaques se succédaient sans interruption. Le village de Douaumont fut disputé une semaine entière et, le 4 mars, lorsque nous renonçâmes à le défendre, les Allemands n'en occupèrent que l'emplacement dévasté. Nous avions repris position à deux cents mètres au sud.

Quelques démonstrations de l'ennemi au pied des côtes de Meuse ne furent suivies d'aucune action sérieuse, les Allemands savaient assez que ce rempart était infranchissable.

La confiance en la victoire abandonnait déjà les chefs de l'armée allemande. Les prisonniers que nous ramenions dans nos lignes conservaient des assauts auxquels ils avaient participé une impression d'horreur ineffaçable.

Le kaiser, qui s'était flatté pendant quelques jours de faire à Verdun une entrée triomphale, était retourné à Berlin.

Les critiques militaires de la Germanie proclamaient déjà que jamais le Grand Etat-Major allemand n'avait eu l'intention de percer le front français à Verdun, qu'il s'était simplement proposé de dégager ses lignes de communication au nord de la Woëvre et de prévenir une offensive des Alliés. Le général von Blume offrait sans rire à son public cet extraordinaire argument : « La preuve qu'il ne s'agit pas de percer devant Verdun c'est que l'attaque a été lancée dans la direction la moins favorable, celle d'une forteresse très puissante. »

Le kronprinz s'obstinait pourtant. Il avait fondé de tels espoirs sur son entreprise de Verdun, il y avait si bien engagé sa réputation, sa popularité, l'avenir même de sa dynastie, qu'il ne pouvait se résoudre à reconnaître son erreur.

N'ayant pu forcer notre résistance par une attaque unilatérale sur la rive droite de la Meuse, il se décide enfin à attaquer sur les deux rives à la fois. Mais cette décision tardive ne lui permettra pas de réparer sa faute initiale.

Nos positions de la cote 304, du Mort-Homme, de Cumières, et de la côte de l'Oie, nous permettaient de canonner le flanc droit des colonnes allemandes qui marchaient à l'assaut de Verdun sur l'autre rive de la Meuse. Le kronprinz jugea nécessaire de faire disparaître cette menace.

Ce fut sur un terrain fangeux, où nos obus s'enfonçaient sans éclater, que les Allemands s'élancèrent à l'attaque, le 6 mars, pour forcer la ligne du ruisseau de Forges. Ils passèrent sans grande difficulté le cours d'eau et parvinrent jusqu'au pied de la côte de l'Oie et à la lisière du bois des Corbeaux.

Le 7, une division déborde la côte de l'Oie, marche à l'assaut de la cote 265 et progresse en subissant des pertes effrayantes.

Du 7 au 10, des combats acharnés se livrent au bois des Corbeaux, que nous devons finalement abandonner.

Le 14, l'ennemi commence le bombardement du Mort-Homme et de Cumières. A partir de 10 heures 30, son artillerie déverse, sur la lisière nord des bois Bourrus, la région du Mort-Homme et celle de Cumières, Marre et les routes d'accès, des obus fusants, percutants, asphyxiants, lacrymogènes, au rythme de 120 à la minute.

Nos batteries, conte le récit officiel, qui avaient repéré les rassemblements ennemis au nord du bois des Corbeaux, dans les bois de Cumières et sur la côte de l'Oie, répliquaient de toutes leurs bouches à feu.

Vers 15 heures, l'infanterie ennemie se mit en mouvement; elle suivait immédiatement la marche du barrage d'artillerie qui la protégeait. Elle put ainsi atteindre nos premières lignes, où beaucoup de nos hommes étaient à demi-asphyxiés et enterrés. Ceux qui restaient n'avaient plus les moyens de s'opposer à la prise de la cote 265. Mais le piton 295 demeura en notre pouvoir après une magnifique défense. Au cours de la nuit, nos contre-attaques nous en firent même dépasser le sommet et nous nous établîmes à contre-pente, entre la cote 295 et Béthincourt, en contact immédiat avec l'adversaire.

Les combats se poursuivirent ainsi jusqu'au 17 mars.

Après cette date, une accalmie momentanée se produisit dans le secteur. L'ennemi, qui avait usé tant de forces, avait besoin de se reconstituer et d'appeler d'autres réserves. Tous les sacrifices consentis ne lui avaient pas permis d'étendre sa ligne jusqu'à Béthincourt et à Cumières. Et le Mort-Homme nous restait.

Cependant, le kronprinz ne perdait pas de vue ses objectifs de l'autre rive de la Meuse. Après avoir reformé son armée, il avait recommencé à exercer sur notre aile droite une nouvelle pression pour tâcher d'atteindre Verdun, qu'il persistait à nommer, en un langage faux et pompeux, « le cœur de la France ».

Le 8 mars, l'ennemi prenait l'offensive à l'est du fort de Douaumont, gagnait rapidement du terrain dans la direction de Vaux et pénétrait un instant dans le village. Il en était rejeté presque aussitôt

Il lança ses colonnes serrées contre les pentes que couronne le fort
(p. 14).

par une magnifique charge à la baïonnette, et ne conservait qu'un pâté de maisons, à l'est de l'église, où des luttes meurtrières se poursuivirent toute la journée.

C'est après cette affaire que les Allemands commirent leur bluff le plus impudent. Leur communiqué du 9 prétendait que le 6e et le 19e régiment de réserve de Posen, sous l'impulsion du général von Gearetzki-Cornitz, avaient emporté d'assaut le fort cuirassé de Vaux ainsi que de nombreuses fortifications voisines!

Or le fort de Vaux n'avait même pas été attaqué. Les Allemands, prenant leurs désirs pour des réalités, avaient annoncé prématurément la chute de l'ouvrage.

Ils s'étaient mis dans un mauvais cas dont ils tâchèrent de se tirer en annonçant par la suite que les Français avaient repris la position.

C'était là pour le kronprinz une véritable avanie qu'il devait s'efforcer d'effacer : il lança ses colonnes serrées contre les pentes que couronne le fort.

Ces assauts aboutirent à un véritable massacre. Les cadavres s'amoncelaient devant nos réseaux de fils de fer.

Sur toute la ligne Vaux-Douaumont, les attaques allemandes se heurtèrent à une résistance farouche qui leur coûta des pertes énormes. Les renforts succédant aux renforts s'épuisaient en vain contre le courage de nos soldats.

Les assauts se répétèrent de la sorte jusqu'au 11 sans que de si prodigieux sacrifices fussent compensés par l'importance des résultats.

Les journées de Vaux furent pour les Allemands parmi les plus meurtrières. Les vides causés dans leurs rangs atteignirent jusqu'à 60 pour 100 des effectifs engagés.

Le 16 mars, après s'être accordé une trêve indispensable, les bataillons allemands reformés se ruèrent de nouveau à l'assaut. L'ennemi avait encore exécuté une formidable préparation d'artillerie; il ne devait rien rester, semblait-il, du village et du fort de Vaux après l'avalanche d'obus qui s'était abattue sur eux. Les chefs allemands croyaient n'avoir qu'à pousser leurs troupes pour occuper sans coup férir des positions si convoitées. Et pourtant cinq attaques furieuses échouèrent successivement sur ce terrain chaotique où nos soldats se maintenaient avec une énergie admirable.

La tentative, manquée le 16, fut renouvelée le 18. Les régiments du kronprinz montèrent six fois à l'assaut. Les procédés les plus sauvages furent employés, jusqu'aux jets de liquide enflammé; mais rien ne put avoir raison de la vaillance des nôtres : toutes les attaques furent encore repoussées.

Après un tel effort, l'ennemi éprouvait le besoin de souffler; un calme relatif succéda dans ce secteur à la bataille forcenée qui venait de se livrer.

IV

La ruée suprême

LE 10 mars, le général Joffre avait lancé aux soldats de l'armée de Verdun un ordre du jour de remerciement dans lequel il proclamait : « L'Allemagne espérait que la prise de Verdun raffermirait le courage de ses alliés et convaincrait les pays neutres de sa supériorité. Elle avait compté sans vous.... Vous serez de ceux dont on dira : ils ont barré aux Allemands la route de Verdun. »

Sans doute l'effort des Allemands n'est pas épuisé, mais le monde entier sent d'instinct qu'ils ont perdu la partie. On s'est habitué à voir les Français céder le terrain pied à pied devant les furieux assauts de leurs ennemis, en leur opposant toujours la même résistance meurtrière, terriblement efficace. On sait à présent que, si Verdun était pris, cette résistance se poursuivrait sur la ligne de la Meuse et que les Allemands, en dépit de leurs victoires, finiraient par perdre à ce jeu en y usant le meilleur de leurs réserves.

Cependant, les Allemands s'obstinent, ils renouvellent sans trêve leurs assauts, tantôt sur un point, tantôt sur un autre. Ils commencent cette succession d'attaques alternées qui a pu passer pour un système. Tantôt ils assiègent le Mort-Homme et la cote 304 sur la rive gauche, tantôt ils cherchent à emporter Vaux, sur la rive droite, et à s'insinuer jusqu'au fort de Souville, par les bois de la Caillette et du Chapitre. Ils engagent ainsi dans cette bataille acharnée, où les régiments fondent

Comme fond une cire au souffle d'un brasier,

cinq divisions en mars, cinq en avril, sept en mai, une demi-douzaine en juin. Leurs armées sont soumises à une usure effrayante. Le kronprinz veut faire devant l'univers figure de glorieux conquérant, mais, si on lui érige jamais une statue, on devra la dresser sur un piédestal d'ossements et de crânes grimaçants.

La conception de la bataille subit d'ailleurs chez nos ennemis une curieuse et significative évolution. C'était d'abord une ruée qui se flattait de tout emporter, d'atteindre le cœur de la France ; puis ce fut une âpre dispute qui devait arracher aux Français, lambeau par lambeau, un territoire convoité. Enfin, quand l'espoir de vaincre échappe au fils du kaiser, celui-ci cherche à dissimuler son échec en parlant d'une bataille d'usure : il se vante de nous avoir obligés à jeter dans la fournaise nos dernières réserves, de contrecarrer nos plans, de nous imposer de tels efforts que nous sortirons de l'épreuve saignés à blanc, épuisés, virtuellement vaincus.

Il y a là un curieux mélange de présomption et de découragement. Nos adversaires nous croient assez affaiblis pour être prêts à accepter une « paix de conciliation », mais ils ont assez peur de nous pour nous laisser espérer des concessions. Jamais, déclarent-ils, l'Allemagne n'a convoité un lambeau de notre territoire, elle ne songe même pas à nous réclamer une indemnité.

Le 20 mars, après de multiples efforts et grâce à l'emploi des liquides enflammés, les Allemands s'emparent des bois de Malancourt et d'Avocourt, d'où ils menaceront d'encerclement nos positions du Mort-Homme et de la cote 304.

Mais nos batteries et nos mitrailleuses gardent les lisières de ces bois et, quand les bataillons ennemis se risquent en terrain découvert, ils sont impitoyablement fauchés.

Dans les deux camps, l'artillerie fait rage.

Le bois d'Avocourt est repris par nous le 29 mars.

Le 30 mars, sur la rive droite de la Meuse, l'ennemi recommence à bombarder nos positions, aux abords du fort de Douaumont et dans la région de Vaux. Le 31 mars, il déclenche deux attaques à gros effectifs Au cours de la seconde, il réussit à prendre pied dans le village de Vaux, d'où il est chassé le 3 avril.

La lutte se poursuit ainsi sur les deux rives de la Meuse, avec des alternatives de calme et de violence. Les Allemands procèdent par ce que l'on a appelé le martellement de nos positions. Tantôt ils cherchent à briser le front Mort-Homme-Cumières, tantôt ils s'en prennent à nos positions de la rive droite.

Ils gagnent peu à peu du terrain. Pourtant, toute progression sérieuse leur semble désormais interdite.

Nos contre-attaques se multiplient. A peine les Allemands, après des assauts forcenés qui leur ont coûté des pertes énormes, se sont-ils arrêtés pour souffler, que nous fonçons sur eux à notre tour.

On peut citer pour exemple la reprise par la division Mangin du bois de la Caillette, dans lequel les Allemands avaient réussi à pénétrer le 2 avril Cette opération locale avait pour but d'améliorer nos positions dans le secteur de Douaumont.

Les bataillons d'attaque, avec leurs sections de mitrailleuses, gagnèrent leurs positions de départ dans la nuit du 2 au 3. Ils durent opérer cette marche de nuit, sous les tirs les plus violents de l'artillerie ennemie, à travers un terrain difficile, très accidenté et bouleversé par les bombardements. Les hommes ne furent en place qu'à 6 heures du matin. après avoir parcouru une vingtaine de kilomètres.

La charge devait être menée de front par deux bataillons; celui de gauche ayant pour objectif les tranchées situées immédiatement au sud de Douaumont, celui de droite ayant mission de reprendre le bois de la Caillette.

Le bois constituait un obstacle des plus difficiles à surmonter; il était rendu presque impénétrable par des abatis et les ravages que

les obus y avaient causés, brisant et déracinant les arbres qui s'en-
chevêtraient dans leur chute.

Arrivés sur la crête, aux vues de l'ennemi, nos soldats furent
accueillis par de violents barrages d'artillerie et des feux de mitrailleuses. Mais ils franchirent sans hésitation le terrain battu, abordè-
rent les positions allemandes.

Le bataillon de gauche chassa l'ennemi de ses postes avancés,
tandis que le bataillon de droite atteignait les abords du bois de la
Caillette.

Ce fut le moment le plus critique de l'attaque. Nos troupes avaient
besoin de souffler, mais l'artillerie ennemie les canonnait sans répit,
leur causant de lourdes pertes.

Dans les récits des témoins de ces formidables combats de Verdun,
qui se livraient sous une avalanche de projectiles, la même expression se retrouve sans cesse : bataille infernale, enfer de Verdun! et
vraiment c'était l'enfer, s'il est entendu qu'en enfer toutes les hor-
reurs imaginables se trouvent rassemblées.

Les nôtres se cramponnaient au terrain bouleversé.

Le 4 avril, à une heure de l'après-midi, les Allemands commen-
cèrent à arroser tout le secteur avec des obus de gros calibres et
des obus lacrymogènes. Ils préparaient une riposte.

En effet, à deux heures, ils surgissaient de leurs tranchées. Nos
mitrailleuses, nos salves d'infanterie, nos tirs de barrage brisèrent
instantanément leur élan. Ils n'insistèrent pas.

Nos hommes, stimulés par ce succès, voulaient repartir en avant.

La lutte sous bois se poursuivit pendant la nuit, mais, dans l'obscu-
rité, notre progression était gênée par les plus grandes difficultés.
Les liaisons étaient presque impossibles dans le terrain chaotique sur
lequel on se battait.

On dut finalement interrompre la lutte et attendre le jour.

Le 5, nos soldats nettoyèrent systématiquement le bois de la Caillette, tandis que notre artillerie harcelait et aveuglait l'ennemi.

A la fin de l'après-midi, nous touchions presque à la lisière nord
du bois, que l'on reprenait morceau par morceau.

Pendant toute la nuit, pas de répit : on piochait, on creusait, on
établissait des barricades, partout on cheminait et on gagnait du
terrain.

Pour bien comprendre l'héroïsme des vainqueurs, il faut se repré-
senter cette région ravinée et boisée, propice aux pires embûches. La
lutte exige une endurance farouche et le combattant n'a pas même
le stimulant de la gloire, sa bravoure n'est connue que de ses chefs
immédiats, de ceux qui sont mêlés avec lui à l'action.

La défense du Mort-Homme, sur la rive gauche de la Meuse, peut
faire pendant aux épisodes du bois de la Caillette. Le 9 et le 10 avril,
cette importante position fut défendue avec ténacité par le 8e et le
16e bataillon de chasseurs et deux bataillons du 151e régiment d'in-

fanterie, qui repoussèrent les plus rudes assauts de l'ennemi en lui infligeant des pertes considérables.

Après un bombardement furieux, les Allemands lancent leur première attaque à midi. Le commandant Savornin, des chasseurs, est tué presque au début de l'action. C'est, pendant quatre heures, un combat d'un acharnement inouï.

Précédés d'une vague de grenadiers, les Allemands chargent à la baïonnette; nos fantassins les attendent dans leurs tranchées, les criblent de balles. La lutte s'achève en un corps à corps sauvage.

L'ennemi se replie, mais il ne renonce à la lutte qu'après plusieurs autres assauts non moins violents.

Le 8ᵉ chasseurs, le fameux bataillon de Sidi-Brahim, est, le 9 avril, débordé sur ses ailes, presque cerné. Il maintient malgré tout ses positions, sous l'impulsion de son chef le capitaine de Surian. Ce dernier rédige dans la soirée un rapport sur la situation qu'il expédie par un agent de liaison. « On a fait son possible pour tenir, écrit-il. Le moral des hommes, qui sentent toute la gravité de la situation, reste bon. Ils sont résolus à tenir jusqu'à la mort. » Et il ajoute, pour que son témoignage ne disparaisse pas avec lui s'il est tué : « Je puis assurer que tout le monde a fait entièrement son devoir. »

Le 3 avril, le général Pétain, appelé à une nouvelle mission, avait transmis au général Nivelle le commandement de la 2ᵉ armée, celle de Verdun. Nivelle a sous ses ordres Mangin, l'un des plus fervents protagonistes de la méthode offensive.

Pour sa prise de commandement, Nivelle proclame que « la mission de la 2ᵉ armée reste toujours la même : tenir à tout prix en prenant une attitude agressive ».

Malgré la décision de nos généraux et l'héroïsme de nos soldats, les Allemands devaient remporter encore quelques succès locaux.

En mai, ils réussissent à prendre pied sur le Mort-Homme, mais ne parviennent pas toutefois à s'emparer de la cote 304, soumise pourtant à de fantastiques trombes de feu.

Le 3, plus de cent batteries allemandes concentrent leur action sur la cote 304 et ses abords immédiats. Les crêtes semblent transformées en volcans, et, au dire des aviateurs chargés de survoler la région ce jour-là, obscurcissent l'atmosphère jusqu'à 800 mètres au-dessus du sol.

Toute la nuit, ce feu d'enfer continue, nous causant des pertes sensibles. Les tranchées sont nivelées; ceux de nos soldats qui échappent au cataclysme n'ont d'autre ressource que de se tapir dans les trous d'obus.

Pourtant, lorsque, le 4 mai, à seize heures, l'infanterie ennemie essaye d'aborder nos lignes, les tirailleurs encore valides se redressent et repoussent l'adversaire par un suprême effort.

Arrêtés devant la cote 304, les Allemands essayent le 5 de pénétrer dans une autre direction. Ils visent le bois Camard et la cote 287.

« Le bombardement, raconte un capitaine du 66e, commença à quatre heures du matin. Qu'on essaye de se figurer des pièces de 105, de 150, de 210 faisant, à l'allure du 75, des tirs de barrage! L'abri dans lequel je me trouvais était solidement construit dans un banc de roc, et cependant il vibrait comme une barque sur un lac agité. Impossible de garder une bougie allumée. Continuellement les abris

On se bat dans le fort jour et nuit (p. 20).

s'écroulaient et les hommes étaient ensevelis. Le bois Camard avait encore l'apparence d'un bois le matin (d'un bois tout effeuillé et déchiqueté), mais, le soir, il n'y avait plus que l'emplacement d'un bois. »

Sous une telle avalanche de feu, les soldats qui n'ont pas été tués ou blessés sont pour la plupart désarmés. Les fusils sont brisés par les éclats d'obus; les grenades, dispersées ou enfouies; les baïonnettes, tordues; presque toutes les mitrailleuses, hors d'usage.

Mais, quand les vagues ennemies, confiantes en la victoire, débouchent à 15 heures 30, les débris de nos compagnies bondissent hors de leurs trous, chargent à la baïonnette, se font des massues des débris de leurs armes, mettent leurs adversaires en déroute.

A la fin, la puissance de l'artillerie allemande nous chassera de nos positions les plus avancées; nous perdrons le Mort-Homme, désormais isolé de la cote 304, puis le village de Cumières. L'ennemi néanmoins, accroché aux pentes nord de la cote 304 et maître du Mort-Homme, ne peut exploiter son succès, car nous continuons à lui barrer la route...

Sur la rive droite de la Meuse, Nivelle et Mangin avaient formé le projet de reprendre le fort de Douaumont afin de donner de l'air à la défense.

Dans un ordre du jour fameux, le général Mangin proclamait :

« Il n'est point de repos pour les Français tant que le sauvage ennemi foule le sol sacré de la patrie; point de paix pour le monde tant que le monstre du militarisme prussien n'est pas abattu... Vous marchez sous l'aile de la victoire! »

Deux jours durant, le 20 et le 21 mai, nous écrasons le fort sous nos projectiles. Dans l'horizon des collines meusiennes, le piton de Douaumont est couronné de fumées jaillissantes. Cependant notre infanterie pousse les préparatifs de l'attaque.

Le 22, à 8 heures du matin, nos avions prennent l'air, attaquent six drachen et les abattent dans les flammes : ils ont crevé les yeux à l'artillerie allemande.

Celle-ci riposte pourtant. « C'était au-dessus de nos têtes, dit un officier, un ululement continu, tel que jamais on n'en avait entendu. »

A 11 heures 50, les nôtres s'élancent. Ils ne composent pas de tableaux de bataille, ils bondissent de trous d'obus en trous d'obus, se couchent, disparaissent, surgissent, tombent, et ne se relèvent pas tous. A midi, l'avion de commandement signale qu'une flamme de bengale brûle sur le fort de Douaumont : le 129e de ligne a mis onze minutes pour emporter trois lignes de tranchées ennemies et atteindre son objectif!

La réaction de l'ennemi devait être d'une violence inouïe. Des attaques furieuses alternent avec d'épouvantables bombardements. On se bat dans le fort jour et nuit, le 23 et le 24 mai. Le 25, au prix de pertes énormes, les Allemands parviennent à réoccuper le fort de Douaumont, dont nous conservons les abords.

Notre résistance étonne et exaspère les Allemands. Le kronprinz veut absolument en finir et d'abord il tient à se venger du cameuflet que lui a valu l'annonce prématurée de la prise du fort de Vaux.

Le fort de Vaux (1) était déjà durement éprouvé par un bombardement incessant de plus de trois mois quand l'attaque en fut résolue au début de juin. Il était entièrement ruiné par les explosions; l'entrée normale était obstruée. Depuis longtemps la seule issue utilisable était la poterne nord-ouest. Les ravitaillements et les communications se faisaient par là dans des conditions précaires.

_____

(1) *L'Epopée du Fort de Vaux*, N° 37 de la « Collection Patrie », F. Rouff, Editeur.

Le 1er et le 2 juin, les Allemands réussissent à progresser autour fort et à rendre impossible l'accès de la poterne. La garnison privée de communications avec nos lignes.

Nos soldats souffrent de la soif, les Allemands aussi du reste. Les barrages d'artillerie isolent les combattants; même la nuit, il est presque impossible de passer, car, durant les heures brèves qui s'écoulent entre le coucher et le lever du soleil, la campagne est constamment illuminée par les fusées éclairantes.

Le fort tient pourtant durant six longues journées, du 1er au 6 juin; les Français résistent avec opiniâtreté.

L'ennemi a réussi à pénétrer dans la place, il en occupe la surface; mais les casemates, les souterrains sont encore à nous. Ainsi, pendant quelques jours, ils y a deux commandants du fort, l'un allemand en-dessus, l'autre français en-dessous.

Aux fenêtres, aux ouvertures, derrière un pan de mur effondré, les défenseurs se retranchent, installent des mitrailleuses. Tout ennemi qui se montre à découvert est aussitôt abattu. Les cadavres allemands gisent en véritables grappes.

Cependant les forces de la garnison sont à bout. Le commandant Raynal, l'héroïque défenseur du fort de Vaux, expédie un dernier message : « Nous arrivons aux bornes. Gradés et soldats ont fait leur devoir. Vive la France! »

Le matin du 6 juin, quelques blessés français parviennent encore à s'échapper et à ramper vers nos lignes.

Dans la journée, l'aviation observe de grosses colonnes de fumée et des explosions. La situation de la garnison devient absolument intenable. L'atmosphère est empestée par les cadavres. La coupole blindée est éventrée par un obus et s'effondre.

Dans la nuit du 6 au 7, Nivelle essaye de transmettre au fort par dépêche les félicitations du généralissime à l'héroïque garnison et la promotion de Raynal au grade de commandeur de la Légion d'honneur. Ces télégrammes ne parviennent pas à destination, mais le second est recueilli par les Allemands.

Le matin, la garnison exténuée se rend. Les Allemands communiquent à Raynal, dont l'attitude leur a imposé le respect, la dépêche de Joffre.

Après la chute de Vaux, les Allemands tentent un effort suprême pour atteindre Verdun à travers le plateau de Souville. Le 22 et le 23 juin, ils déclenchent une grande offensive, montée avec dix-neuf régiments, contre la côte de Froide-Terre, le village de Fleury et le fort de Souville.

Le soir du 22, la région est arrosée par plus de cent mille obus asphyxiants. L'attaque commence dans la nuit; elle progresse, atteint, le 23, le village de Fleury, au centre; aborde, à l'ouest, le fort de Froide-Terre, après avoir enlevé la redoute de Thiaumont, et pénétré, à l'est, jusqu'au fort de Souville

Ces succès de nos ennemis, qui nous font envisager un moment l'éventualité d'un repli sur la rive gauche de la Meuse, ont été achetés si cher que nos adversaires, plus épuisés que nous, sont incapables de fournir le dernier effort qui eût été nécessaire pour vaincre la réaction des nôtres.

Nos contre-attaques les arrêtent dès le 25, reprennent le 27 les ruines de Thiaumont et rentrent un moment dans Fleury.

Verdun est sauvé, car un nouveau facteur va intervenir dans cette lutte de titans : le canon français commence à gronder sur la Somme ; la grande offensive franco-britannique, prévue pour le 1er juillet, s'engage. Elle exigera des Allemands l'emploi de toutes leurs réserves, qui ne pourront plus désormais être livrées à l'ambition sanguinaire du kronprinz.

V

Le dégagement

A partir du déclenchement de la bataille de la Somme, la pression des Allemands devant Verdun diminuera de jour en jour : la bataille de Verdun est (pour employer une expression à laquelle les critiques militaires nous ont habitués) virtuellement gagnée par nous.

Dès les premiers jours de juillet, la situation change. Le kronprinz, ne disposant plus que de forces strictement limitées, cesse ses opérations de la rive gauche de la Meuse ; il n'attaque plus que sur la rive droite, dans la région de Froide-Terre et de Souville.

Mais déjà les Français dominent leurs adversaires. Fleury est repris le 17 août, définitivement cette fois. Le 1er et le 3 septembre, nous remportons encore des succès locaux.

Le 17 septembre, le général Mangin propose à son chef direct de renoncer aux actions de détail pour chercher à dégager Verdun par une opération d'ensemble. Il s'agit d'une manœuvre à grande envergure.

On s'efforcerait de reporter nos lignes en avant de l'ancienne enceinte des forts, c'est-à-dire de rejeter l'ennemi au delà de Douaumont et de Vaux.

La date et l'heure de l'attaque étaient fixées au 24 octobre, à onze heures quarante.

Les Allemands s'attendaient au coup qu'on allait leur porter, mais l'action fut si soudaine et si parfaitement montée qu'ils furent néanmoins déconcertés.

L'opération s'exécuterait en deux temps. Les troupes devaient, dans un premier élan, atteindre les carrières d'Haudromont, la pente nord du ravin de la Dame, un retranchement au nord de la ferme de Thiaumont, la batterie de la Fausse-Côte, le ravin du Bazil Puis, dans une seconde phase, on pousserait jusqu'au village et au fort de Douaumont, au delà du ravin de la Fausse-Côte, jusqu'à la digue et à l'étang de Vaux et la batterie de Damloup.

La préparation d'artillerie dura trois jours. Le 23, un obus de 400 éclatait dans le fort de Douaumont et y causait un incendie.

Le 24 octobre, au matin, un épais brouillard recouvrait les vallonnements de la Meuse.

Jusqu'à 11 heures 35, notre bombardement, redoublant de violence, accable la ligne sous un dernier tir d'écrasement. Puis, pendant cinq minutes, nos 75, tirant par rafales, achèvent de désorganiser la résistance allemande

Enfin, tandis que l'artillerie allonge son tir, notre infanterie, d'un bout à l'autre du champ de bataille, des hauteurs d'Haudromont jusqu'à Damloup, bondit d'un magnifique élan sur l'étroite bande de cent à cent cinquante mètres qui la sépare de l'ennemi.

Les fils téléphoniques sont rompus à chaque instant. Il faut assurer les liaisons par les coureurs, les pigeons, les postes optiques.

En une heure, les premiers objectifs sont atteints au prix de pertes insignifiantes. Les prisonniers allemands affluent.

Vers 11 heures 30, le brouillard se dissipe tout à coup, déchiré par un coup de vent. Un soleil pâle, encore déformé par un reste de brume, luit derrière les crêtes des collines. Des ombres minuscules surgissent sur le fond lumineux, ce sont nos soldats qui escaladent le fort de Douaumont. Derrière les cimes, désormais légendaires, de Souville, de Belleville, de Thiaumont et de Fleury, la pyramide de Douaumont se dresse environnée de gloire (1)!

Nous avions remporté une victoire complète. Le général Nivelle, dans un ordre du jour aux troupes du général Mangin, dégagea le véritable sens de notre succès.

« En quatre heures, dans un assaut magnifique, vous avez enlevé d'un seul coup, à votre puissant ennemi, le terrain hérissé d'obstacles et de forteresses du nord-est de Verdun, qu'il avait mis huit mois à nous arracher par lambeaux, au prix d'efforts acharnés et de sacrifices considérables.

« Vous avez ajouté de nouvelles et éclatantes gloires à celles qui couvrent les drapeaux de Verdun.

« Au nom de cette armée, je vous remercie.

« Vous avez bien mérité de la patrie! »

Dès la soirée du 24, Mangin reçoit l'ordre de pousser les opérations contre Vaux, tout en gardant Douaumont contre un retour offensif.

Vu des lignes françaises, Vaux forme une position avancée comme une sentinelle tournée vers la Woëvre. De Verdun, le fort

______

(1) *La reprise du Fort de Douaumont*, N° 2 de la « Collection Patrie », F. Rouff, Éditeur.

de Vaux est invisible, les crêtes boisées de Tavannes et de Souville font écran entre la place et lui. Forteresse presque entièrement souterraine, construite en béton armé, comme Douaumont, cet ouvrage se dresse à l'extrémité d'un plateau, entre le massif de Douaumont et les bois de la Laufée, dont il est séparé par des vallons étroits.

Dès le 24 octobre, après la victoire qui nous avait rendu Douaumont, le fort de Vaux était à demi encerclé et sa chute n'était plus qu'une question de jours. Nos batteries lourdes et particulièrement nos obusiers de 400 l'écrasaient systématiquement.

Le 25 octobre, la division Lardamelle lance trois bataillons jusqu'aux fossés du fort.

Il y a encore là quelques mitrailleuses allemandes qui n'ont pas été réduites au silence par nos canons. Nos soldats sont arrêtés; quelques braves, emportés par leur élan, atteignent l'entrée des casemates, essayent de détruire avec des grenades les nids de mitrailleuses; la plupart ne reviennent pas.

Les généraux Nivelle et Mangin font alors retirer nos lignes à deux cents mètres au sud du fort, afin de reprendre la préparation d'artillerie et d'assurer au moindre prix la chute de l'ouvrage.

Des tonnes de projectiles s'abattent sur le fort et sur le village.

Le 2 novembre, vers midi, une explosion se produit. Dans la nuit, des patrouilles sont envoyées pour reconnaître l'effet de notre artillerie. Les soldats pénètrent dans le fort et le trouvent vide.

Nous avions repris sans coup férir cette position que le commandant Raynal avait si héroïquement défendue et qui était restée cinq mois au pouvoir de l'ennemi.

Après cette éclatante défaite, les Allemands essayèrent d'en amoindrir la portée morale en affirmant, par un revirement d'opinion étrange, que les ouvrages de Douaumont et de Vaux n'avaient aucune valeur, que, d'ailleurs, l'objectif essentiel de l'état-major germanique, l'usure de l'armée française, était atteint.

Mais, du 15 au 18 décembre, une nouvelle attaque de l'armée Mangin compléta le dégagement de Verdun et reporta nos lignes à peu de distance de notre ancien front avant l'offensive allemande de février.

Cette fois, la faillite de la grande opération stratégique du kronprinz ne pouvait plus être dissimulée : Verdun, par la faute même des chefs des armées allemandes, était devenu le symbole de la résistance française. Devant les hordes barbares qui déferlaient comme une mer sur les pentes de Vaux et de Douaumont, la France s'était dressée, sanglante et terrible, en criant : « On ne passe pas! »

FIN

Pour paraître vendredi prochain :
SOUVENIRS D'UN PILOTE AVIATEUR

BnF
L&A

COLLECTION "PATRIE"

30^{cent.} L'OUVRAGE COMPLET ILLUSTRÉ **30**^{cent.}

EXTRAIT DU CATALOGUE

51. La Caverne du dragon.
52. Souvenirs d'une infirmière.
53. La Voie sacrée.
54. La Bataille de l'Yser.
55. Satanas, roi des canons.
56. Le Roman d'un Sénégalais.
57. Le Chemin-des-Dames.
58. Le Forceur de blocus.
59. Mon évasion.
60. La Saucisse infernale.
61. La Victoire de la Malmaison.
62. Le Carnet d'un reporter.
63. Un coup de main au nord de Soissons.
64. Un Parisien à Salonique.
65. La Côte 304 reconquise.
66. Les Chevaliers de l'espace.
67. La Défaite du Kronprinz en Argonne.
68. Souvenirs d'un vaguemestre.
69. Le crime du « Lusitania ».
70. Avec une batterie de 75.
71. L'Epopée de Moronvilliers.
72. La Retraite héroïque.
73. La Moisson sous les obus.
74. A l'assaut du mont-Tomba.
75. L'Ataque du pont de Chooz.
76. Une Campagne en hydravion.

77. Paris menacé, Paris sauvé.
78. L'Usine en feu.
79. Les Victoires du grand et du petit Morin.
80. Episodes de la vie d'un 400.
81. La Victoire de la Marne.
82. Paris sous les gothas.
83. L'Odyssée d'un sous-marin anglais.
84. La Tranchée de Calonne
85. A la rescousse.
86. La Barrière des Vosges.
87. L'Aventure de Mike Murphy, de Boston.
88. Le Four de Paris.
89. La Défense du Pas-de-Calais.
90. Hisoire d'un 75.
91. La Belle défense du châeau de Grivesnes.
92. Maîtres du ciel.
93. Yanks et Poilus.
94. Les Brancardiers du Bois Le Prêtre.
95. Paris bombardé par les « berthas ».
96. Le Coup d'arrêt.
97. La Victoire de la Piave.
98. Mémoires d'un camoufleur.
99. Ceux de Vauquois.
100. L'Embouteillage de Zeebrugge.
101. Les Pontonniers sur la Marne.
102. Au Mont-Kemmel : La colline héroïque.

154 Ouvrages parus — Envoi franco du Catalogue complet

EN VENTE PARTOUT

F. ROUFF, Éditeur, 8, Bd de Vaugirard, Paris-15ᵉ

N° 104. Collection « Patrie »

Imp. E. LAFFRAY, 77, rue d'Alençon, Paris

www.ingramcontent.com/pod-product-compliance
Ingram Content Group UK Ltd.
Pitfield, Milton Keynes, MK11 3LW, UK
UKHW022240070726
13613UKWH00005B/2032